JN062426

A TASTE
OF
TANIKAWA

谷川俊太郎
の
詩を味わう

William I. Elliott

著

西原克政

訳

William I. Elliott、川村和夫、西原克政

英訳詩

序文

詩ってどれほどのもの

　ここに収録したわずか25篇の詩作品は、古来の詩人論や詩論に関する問題を提起し、公開討論するのにもってこいの材料、というわけではない。プラトンでさえ、およそ2400年前にこれらの問題に満足のゆく答えを出せなかったし、後世の詩人や哲学者たちも絶えず努力を積み重ねたが、はかばかしい成果は出せずじまいだった。「詩と散文の違いは」「音楽と詩の共通性は」といった問題はテーマとしてあまりに大きすぎて、本書の紙面ではとても扱いきれない。この序文の守備範囲をいたずらに広げるのも、かえって読者に混乱を招くことになるだろう。

　そこで、詩の性質についての膨大な歴史上の議論の範囲をどんどん狭めていって、詩人や詩の全般というよりも、谷川俊太郎というひとりの個人の詩の総体に話の焦点を絞っていくほうが、かえって詩というものがわかりやすくなるのではないかと考えた。わたしの論旨の核心を前もって言っておくと、おそらく彼は、他者とコミュニケーショ

ンをとるために詩を書く。時にその詩は自分自身に向けた
ひとりごとのように聞こえるかもしれない。だが彼は、他
者と語りあうために詩を書くのである。

　「なぜ詩を書くのですか？」という質問に対し、谷川俊
太郎は逆に「じゃあ、なぜあなたは詩を書かないのです
か？」と切り返す。いずれの問いも、そう簡単に答えられ
るものではない。現実に、彼は詩を書く。（あなたは詩を
書きますか？）
　原理的にいうと、彼の詩の目的は、グラウンド・ゴルフ
をする人や立ち飲みのカウンター・バーで友人と一杯やる
人の目的となんら変わらない。ちなみに彼は詩を高尚な高
みにあるものと持ち上げたりすることはまったくない。大
切なのはコミュニケーション、それ以上でもそれ以下でも
ない。
　こうしてみると、谷川作品が多くの読者に広く歓迎され
ているのはさほど驚くことではない。彼の詩を読むと、読
者はコミュニケーションの発動を感知し、ひとりひとりに
向けて語りかけられていると感じる。そして同時に、「あ
あそうだ、自分にも似た経験がある。実によくわかる」と
思う。彼の詩は、贅言を尽くさずとも語彙・文法・統語
法・句読法・行分け等が簡潔に、すべてがあいまってコ
ミュニケーションの道具となっている。このとき読者は

「詩」の衝撃を受けるというより、コミュニケーションの存在を強く意識する。これは詩の作者にとっては願ったり叶ったりだろう。アメリカの女性詩人マリアン・ムーア(1887-1972)の「わたしも詩は嫌い」という詩句が、彼にもやはりふさわしい。

　伝統的な定型詩という形式に反旗を翻す自由詩は、口語体の自由な話しことばを用いる。言論の自由が許されない国では、自由詩がそれだけいっそう価値を持つことになる。谷川俊太郎の父は、哲学者として著名な谷川徹三(1895-1989)だが、愛読書のひとつはウォルト・ホイットマン(1819-1892)の詩集『草の葉』(1855)だった。それは、胸が高鳴るような話しことばの謳歌であり、新世界の自由と多様性の息吹であった。この父親にしてこの息子ありである。息子の俊太郎のほうは、われわれが住む多元的世界のありとあらゆる現象をほめたたえる。そして、いつも自分の知覚と想像を駆使して表現に立ち向かい、われわれの生の細部をコミュニケーションにうまくのせ、想像力そのものがまるで自然現象であるかのように感じさせてくれる。

　すべての谷川作品が、T.S. エリオット(1888-1965)のいう「ことばと意味との途方もない格闘」として捉えられる

かもしれない。そして同時に、エリオット(わたしではない)のいう「詩とはたいそうなものじゃない」ということばもつけ添えて。

ウィリアム・I・エリオット

目次

序文　詩ってどれほどのもの ……………………… 002

1　店主からの挨拶 …………………………………… 008
2　言葉、言葉、言葉 ………………………………… 012
3　自然と人間 ………………………………………… 015
4　ことば遊び ………………………………………… 020
5　宇宙からのまなざし ……………………………… 023
6　終末の風景 ………………………………………… 026
7　「さよなら」は「神」のことば？ …… 030
8　ソネットの詩 ……………………………………… 034
9　散文詩の世界 ……………………………………… 038
10　共存と共生 ………………………………………… 042
11　折句とアクロスティック ……………………… 046
12　愛のかたち ………………………………………… 049
13　フットワーク軽やかに ………………………… 053

14　沈黙への旅 ……………………………………… 056

15　ある日突然 ……………………………………… 060

16　ユーモアの糸 …………………………………… 065

17　墓碑銘を刻む …………………………………… 069

18　祈りと願い ……………………………………… 073

19　音のむこうに …………………………………… 076

20　飾らない文体 …………………………………… 080

21　乳房考 …………………………………………… 085

22　異郷のふるさと ………………………………… 089

23　カタログ詩という方法 ………………………… 094

24　滑稽と真摯な詩人の肖像 ……………………… 098

25　別れのうた ……………………………………… 103

あとがき …………………………………………… 108

1

店主からの挨拶

一本の大根の姿は単純だが
大根という生ある物質の構造は限りなく複雑だ。
それを私たちは分析しきれないが
味わうことはできる。
語を分子として、食するに足る
有機物をどこまでつくれるか。
詩とは現実の味わいであると観じて
当店は当店のメニューをおとどけする。

谷川俊太郎

CULINARY NOTE

The Japanese radish has a simple shape
but its living structure is incorrigibly complex.

This is more open to taste
than to analysis.
How possible is it to make an edible organism
out of verbal molecules?
Assuming that poetry is a taste of reality,
this restaurant serves up peculiar dishes.

*

　1980年、『コカコーラ・レッスン』という実験的な詩集
が刊行された。英訳本は、アメリカのプレスコット・スト
リート・プレス社から6年後の1986年に出版された。上
記のメモ書きのような詩が詩集の「栞」に特別に記された
ことからも、本書に収録された詩がいかに実験的な作品で
あるかがわかる。いわば詩集そのものを「レストラン」に
見立てているのである。

　作者の実験精神はエスカレートし、同書にはさらに困難
な作品に挑戦していこうという意欲がうかがわれる次のよ
うな短い作品がある。

1 店主からの挨拶

「 言 葉 の た わ む れ 」

飢えて
植えた

植えて
飢えた

飢えには植えがある
植えには飢えがある

「『飢餓』のためのメモランダ」より

WORD PLAY

Famishing,
They farmed.

Farming,
They famished.

In famishing there is farming;

in farming, famishing.

*

　8世紀ごろの『万葉集』から日本の詩の歴史を概観してみると、偉大な詩人のひとつの基準が「質」であるとすれば、あるいは「質」に「量」を加えた二つの基準であったとしても、谷川俊太郎はそのどちらの基準をも満たす、日本の「偉大な詩人」の一人に数えられるだろう。

2

言 葉 、言 葉 、言 葉

「 言 葉 」

何もかも失って
言葉まで失ったが
言葉は壊れなかった
流されなかった
ひとりひとりの心の底で

言葉は発芽する
瓦礫の下の大地から
昔ながらの訛り
走り書きの文字
途切れがちな意味

言い古された言葉が
苦しみゆえに甦る

哀（かな）しみゆえに深まる
新たな意味へと
沈黙に裏打ちされて

WORDS

Everything—lost!
Even words—lost!
Yet words remain intact,
not washed away,
deep in the heart of each person.

Words bud out
from under the rubble:
Dialects unchanged from long ago,
random scribbling,
meanings inclining to be interrupted.

Worn-out words are resurrected
through suffering.
They deepen by virtue of sadness
towards new meanings

lined with silence.

*

　膨大な谷川俊太郎の作品を振り返ってみると(なにせわたしは彼のほとんどの詩を翻訳してきたので)、彼の言葉への執着は並々ならぬものであることがわかる。この執着心は、長命を保つほとんどの詩人につきものであるとすれば、谷川俊太郎もその仲間に加わるのは明らかだろう。しかしちょっと待て。彼の言うように、言葉はとてつもなくしぶとい。消え去らない。言葉は、海女のように、浮かんだり潜ったり、また浮上しては空気を吸い込み潜水して、詩の形をしたような貝・ウニ・昆布をつかまえる。そして海はやがて奪い取られたものを取り戻してくれる。

　あるいは谷川にとって言葉とは、彼自身と現実との間に掛かったカーテンのようなものでもある。言葉は現実ではない。言葉はそれをさえぎる。言葉は、現実の世界と詩人の精神や心とを隔てる暖簾のようなものである。言葉がなくなることはない。詩人が詩人であることを望むなら、言葉に対峙しなければならない。たとえ語るべきことがないとしても、何かを言わねばならない。詩とは、その暖簾に割って入ろうとするようなものである。詩集『こころ』(2013)を開くと、言葉におそれおののき、立ちつくしている詩人の姿が目に浮かんでくる。

3

自然と人間

「シャガールと木の葉」

貯金はたいて買ったシャガールのリトの横に
道で拾ったクヌギの葉を並べてみた

値段があるものと
値段をつけられぬもの

ヒトの心と手が生み出したものと
自然が生み出したもの

シャガールは美しい
クヌギの葉も美しい

立ち上がり紅茶をいれる
テーブルに落ちるやわらかな午後の日差し

シャガールを見つめていると
あのひととの日々がよみがえる

クヌギの葉を見つめると
この繊細さを創ったものを思う

一枚の木の葉とシャガール
どちらもかけがえのない大切なもの

流れていたラヴェルのピアノの音がたかまる
今日が永遠とひとつになる

窓のむこうの青空にこころとからだが溶けていく
……この涙はどこからきたのだろう

A CHAGALL AND A TREE LEAF

I spent all my savings on a Chagall lithograph and
 placed it
beside an oak leaf I had picked up on the road—

something we can put a price on
and something we can't—

something that human heart and hand have produced
and something that nature has.

The Chagall is beautiful.
The oak leaf is also beautiful.

I get up and make tea,
with soft sunlight falling on the table.

While looking at the Chagall,
those days spent with her come back to me.

When I look at the oak leaf
I think of the creator's delicacy.

A leaf and the Chagall—
both are irreplaceably precious.

The sound of Ravel on the piano heightens.
Today becomes one with eternity.

3
自
然
と
人
間

Heart and body melt into the blue sky beyond the
window.
......Where do these tears come from?

*

　この詩は、2005年に出版された詩集『シャガールと木
の葉』の表題作である。谷川は、精妙な形の美しい自然の
オブジェである一枚のクヌギの葉への賞賛を惜しまない。
その葉の細部が描写されていないのは、主要な関心が別の
ところにあるためで、つまりそれは樹木や石の本質ではな
く、人間の本質に向けられているからである。
　序文でも触れたが谷川はこう言っている。詩とは他者と
コミュニケーションをとる手段である、と。「ヒトの心と
手が生み出したもの」としてのリトグラフが、それをうま
く代弁している。シャガールのリトグラフとクヌギの葉に
宿った美は、その素朴さにもかかわらず、自然と人間の本
質とのコミュニケーションを可能にしてくれる。そして自
然と人間の本質の二つの様相が、これほど雄渾に交じりあ
うためか、知らぬ間に涙を流す自分に気づく。この詩の最
終行と似た状況を歌った、イギリスの詩人アルフレッド・
テニスン(1809-92)の有名な詩「はかなき涙」("Tears, Idle
Tears")を、読者は思い浮かべるかもしれない。ただし、

こちらの谷川作品のほうはけっして「はかなき」涙などではありませんので、ご用心のほど。

4
こ と ば 遊 び

「 い る か 」 よ り

いるかいるか
いないかいるか
いないいないいるか
いつならいるか
よるならいるか
またきてみるか

I R U K A

iruka iruka
inaika iruka
inai inai iruka
itsunara iruka

yorunara iruka
mata kitemiruka

Are there dolphins?
Are there no dolphins?
No, there're no dolphins.
By when will there be dolphins?
By night-time will there be dolphins?
Will you come back again and look?

*

　しりとり・回文・洒落・語呂あわせ・その他もろもろ
の「ことば遊び」は、子供だけでなく大人の気晴らしにも
もってこいである。親が子供にささやいたり、語りかける
ときにことば遊びは生まれ、赤ん坊でさえ声に出すこと
ばの喜びに自然と慣れていく。英語圏では、「ピーター・
パイパー・ピックト・ア・ペック・オブ・ピクルド・ペ
パーズ」（"Peter Piper picked a peck of pickled peppers."）
という早口ことばがよく知られている。また、前から読ん
でも後ろから読んでも同じになるアルファベット一文字単
位の回文としては、"Madam, I'm Adam."が大変良くでき
ていて、コンマとアポストロフの記号までもがそれぞれ
ひっくり返って回文の文字のひとつとして機能するという

完成度の高い作品である。

　谷川俊太郎の『ことばあそびうた』(1973)には、ここに挙げた「いるか」の第一連のような楽しい遊びの詩がふんだんに盛り込まれている。日本語は自律性が高い言語であるため、他の言語への変換が難しいといわれる。また翻訳においては、日本語の多義性や曖昧性が問題にされたりする。このすべてひらがなで書かれた「いるか」という詩は、単純にいるか／いないかをたずねているのか、それとも哲学的な存在を問いかけているのだろうか？　あるいは生き物のイルカだとすると単数なのか複数なのか？

　おそらくは論理や常識の息苦しい牢獄から逃れるために、作者が途轍もない表現の極致にたどり着いたことに、読者は唖然とさせられる。アルファベット表記の'iruka'（「いるか」）をアナグラムの遊びで並べかえると、'aruki'（「歩き」）とか'kurai'（「暗い」）ということばが発見できるのもまた楽しい。

5

宇宙からのまなざし

「泣声」

破壊された町のはずれで
泥まみれのあかんぼが泣き叫んでいる
その泣声はかぼそくかすれていて
あなたの耳まではとどかないのだが
父も母も失ったあかんぼの
裸の尻が触れているその大地は
いまあなたが立っている大地である
大地は瓦礫をのせ敵と味方をのせ
あらゆる都市の輝くネオンをのせ
あなたとあなたの愛する者たちをのせ
泣き叫ぶあかんぼをのせ
宇宙に浮かんでいる──
木もれ陽があかんぼの涙にきらめき
空はそこでも二千年前と同じに青い

なんというくり返しだろう
あなたは歴史のあらゆる死者の名のもとに
やっと今日の小さな幸福を許されている
やっとひとりの子の母となる

A CRYING VOICE

In the outskirts of a devastated city
a mud-splattered baby is crying.
The cry is weak and hoarse
and doesn't reach your ears.
But that earth now touched by the naked bottom of
  the baby
who has lost both mother and father
is the same earth you are now standing on.
The earth, holding debris, friends and enemies,
the glittering neon signs of all the cities,
you with your loved ones
and the crying baby—
remains suspended in the cosmos.
Sunlight filtered through the trees gleams in the
  baby's tears

and the sky is as blue as it was 2000 years ago.
Such repetition!
You are now allowed what little happiness you have
  today
in the name of all the historic dead.
At long last you are the mother of one child.

*

　地球と人類、宇宙でのその位置について、谷川俊太郎の見解は、1952年に刊行された『二十億光年の孤独』以来、今日にいたるまで揺るぎないものである。宇宙が一般社会で大きく取り上げられるようになるずっと以前から、大気圏や宇宙に特別な関心を持っていたというのはたいへん珍しい。谷川は、地球の美しさ、さらには人類の地球へのかけがえのない愛情と心遣いに喜びの賛歌を捧げながら、同時に、壮大な宇宙体系の中では地球は取るに足らない卑小な存在でしかないことを意識してきた。彼は、人間が人と地球に対して道徳的あるいは倫理的な責任を持っていることを、たえず訴えかける。

　この詩は詩集『詩の本』(2009)に収められているが、じっくりと考えながら読む価値のある作品集である。われわれの心の奥に眠っている良心を意識へと呼びさます、モーニング・コールのような作品だといえるかもしれない。

6

終 末 の 風 景

「 よ げ ん 」

きはきられるだろう
くさはかられるだろう
むしはおわれ
けものはほふられ
うみはうめたてられ
まちはあてどなくひろがり
こどもらはてなずけられるだろう

そらはりがされるだろう
つちはけずられるだろう
やまはくずれ
かわはかくされ
みちはからみあい
ひはいよいよもえさかり

とりははねをむしられるだろう

そしてなおひとはいきるだろう
かたりつづけることばにまどわされ
いろあざやかなまぼろしにめをくらまされ
たがいにくちまねをしながら
あいをささやくだろう
はだかのからだで
はだかのこころをかくしながら

PROPHECY

Trees will be cut down.

Weeds will be mown down.

Insects will be driven away.

Beasts will be disposed of.

Seas will be filled in.

Cities will sprawl endlessly.

Children will be domesticated.

Skies will be defiled.

The ground will be scraped away.

Mountains will crumble.
Rivers will be hidden.
Roads will be entangled.
The sun will blaze with increasing fury.
Birds' feathers will be plucked.

Still, people will go on living,
deluded by the words people keep on saying,
dazzled by the visions of vivid colors,
and aping each other's way of talking.
They will whisper love,
their bodies naked
and hiding their naked hearts.

*

　作者は、きっといいたいことがほかにも山ほどあったろう。たとえば、氷山が溶け、竜巻・地震・洪水がわがもの顔で猛威をふるい、大気は汚染物質でにっちもさっちもいかなくなる、等々。この詩は、未来の予見と皮肉の調味料をふんだんに加えて、『夜のミッキー・マウス』(2003)に採録されている。というのも、詩人はむかしから預言者の役目をはたしてきた。賢者や聖者やシャーマン(霊能者)の役割も担ってきた。ウィリアム・フォークナー(1897-

1962)の1949年のノーベル文学賞受賞講演の一節が思い出される。「最後の審判の日、もうひとつの声がたえまなく鳴り響くだろう。かぼそいながらも疲れを知らぬ人間の語る声が」。

7

「さよなら」は「神」のことば？

「さよならは仮のことば　少年 12」

夕焼けと別れて
ぼくは夜に出会う
でも茜色の雲はどこへも行かない
闇にかくれているだけだ

星たちにぼくは今晩はと言わない
彼らはいつも昼の光にひそんでいるから
赤んぼうだったぼくは
ぼくの年輪の中心にいまもいる

誰もいなくならないとぼくは思う
死んだ祖父はぼくの肩に生えたつばさ
時間を超えたどこかへぼくを連れて行く
枯れた花々が残した種子といっしょに

さよならは仮のことば
思い出よりも記憶よりも深く
ぼくらをむすんでいるものがある
それを探さなくてもいい信じさえすれば

'GOODBYE' IS A TEMPORARY WORD
– BOY 12 –

Having parted with the evening glow
I meet with night.
But the crimson clouds go nowhere
and just hide in darkness.

I don't say goodnight to the stars
for they always hide in daylight.
The baby I once was yet remains
in the center of my growth rings.

No one ever, I think, vanishes.
My dead grandfather is wings grown from my

shoulders.
He takes me to places outside of time
along with seeds left by dead flowers.

'Goodbye' is a temporary word.
There is something that binds us together
far more deeply than remembrance and memory.
If you believe that, you needn't look for it.

*

　2007年に出版された詩集『私』の中の、連作「少年」
の12番目の作品である。「さよなら」は、英語ではもちろ
ん「Good-by」だが、「Good-by」の語源は「神があなた
と共にあられますように」の意の 'God be with ye'が、長
い年月の間に短くなったものといわれている。しかし、
「Good-by」が現代では元々の意味とはまったく逆の意味
で用いられるように、この詩の「さよなら」も、そうかん
たんに「さよなら」しない反対の意味で使われているのが
英語っぽい感じがして面白い。作者は詩を作るとき、英訳
者のことも計算に入れているのではないかとさえ思えてく
る。
　詩の中で語られているように、離別したり亡くなったり
しても、未来では再会することができる。さらに、古い自

分の姿に別れを告げる必要もないのである。なぜなら、木の年輪のように、わたしたちの成長も身体に刻み込まれているからだという。「雲」から「星たち」や「祖父」にいたるまで、あらゆるものが残存する。見ようとする強い意志を私たちが持ち続けさえすれば、存在するすべてのものが循環し再生するのだ。

　しかし、人間を連帯させるものの「物的証拠」をわたしたちはつかむことができない。だからこの詩にあるように、その力がどんなものであれ、「それを探さなくてもいい信じさえすれば」と詩人は語っているのである。

8

ソネットの詩

「 か つ て 神 が 」

かつて神がいたことを
真空はかすかに記憶していた
昔神が私を創ったと
あるやらないやらの声で呟いた

楽しく落着いた朝の食事
それは神の惰性であるか
誰もいず　何もない
それがひとつの法則なのか

死の後に残るものの冷さよ
他人の眼　砂漠の面　そして
私のいない日月星辰

何処まで何時まで歩けるか？
神の焚火のくすぼりを踏んでから
新しい燐寸(マッチ)を計算しようなどと

ONCE GOD....

The vacuum dimly remembered
that there was once God.
It murmured almost inaudibly
that long ago God created me.

A delightful and quiet breakfast—
Is that out of a mere habit of God's?
There's no one and there's nothing—
Is that one of the rules?

The coldness of what remains after death—
other people's eyes, the desert's mask and
the sun, moon and stars without me—

How far and until when will I be able to walk
after stamping out the smoldering embers of God's

bonfire,

devising new matches...?

＊

　「ソネット」というこの十四行詩の形式は、作者のこと
ばを借りると、「ここに収めた九十八篇の詩はすべて同じ
形で書かれていて、それを私は欧米の詩形に倣ってソネッ
トと呼んだ」ものの一篇である。文庫本として、2009年
に『62のソネット＋36』という斬新なタイトルの英訳つき
の詩集が出された。タイトルの後半『＋36』が示す「未発
表36篇」の第21番目が、上記の作品である。この詩を書
いたとき、谷川俊太郎がまだ20歳そこそこの年齢であっ
たことには驚かされた。全部で98篇のソネットが、1952
年4月から1953年8月の間に集中して生み出されたのであ
る。後年、作者が自分の若書きの詩にとまどいを覚えるよ
うになるのは、たいていの詩人と同じく、若さゆえ思考を
明確に表現できなかったり、まだ大人の豊かな経験が不足
していたためかもしれない。若い詩人は、具体性や経験を
欠くきらいがあるため、この詩に出てくる「神」「真空」
「惰性」「法則」「死」「面」「焚火」「くすぼり」のような、
どちらかというと抽象的なことばに寄りかかる傾向がある。
詩人は成熟するにつれて、抽象的なことばを捨てて、
具体的で触れられる身体的なイメージを拾うようになる。

読者も詩を理解しようとして、自然と実質的なもの、現実的なものをつかみ取るようになる。曖昧なものには、不満がつきまとうからだ。

　この詩は、たしかにある程度までは理解できる。しかし、作者の成熟ぶりがうかがえる本書の他の詩と比べてみると、ある種の対照が感じとれて、そこに詩人の詩的成長の痕跡を読み取れるのではないだろうか。

9

散文詩の世界

「少女について」

台所の棚の上にあった小さなざるの中に　私は星を摘もうとしたが　少女は収穫なんかどうでもいいと云い張るのだ　私は種子を蒔いたつもりだったが私たちもまた蒔かれた種子だったのかもしれない　私たちは育っていってやがて実ったことにも気づかず枯れるのだろう　そのあと私たちは世界の花園の中でひとつのちっぽけな泥の塊にすぎない　だが今度は私たちが育てるのだ　誰かが私たちの上に立って大きな手で星をまさぐり　熟れたかどうかを試すかもしれない　しかし私たちは星のための肥料ではない　その時にもきっと賢い少女がいて素足を私たちの中に埋めるだろう　そして自ら一本の花になるだろう　熟れた時　星は自然に堕ちてくるのだ　花はそれを知っていて　そのため死ぬことを恐れないだろう　星を摘もうと爪先立

ちした時　私は少女に呼ばれたのだ

ON A LITTLE GIRL

I tried to pick stars for a small bamboo basket on the kitchen shelf, but the little girl insisted that harvesting wasn't necessary. I thought I had sown seeds, but maybe we, too, were sown seeds. We grow and obviously ripen and die. After that we'll be nothing more than clods in the world's flower garden. But this time around it'll be our turn to cultivate. Someone standing over us and groping for a star with a large hand might check to see if it's ripe yet. But we are not manure for the stars. This time, too, some clever little girl will bury her bare feet in us and become a flower herself. A star will naturally fall when it ripens. A flower knows that, so it won't fear dying. The little girl called me as I stood on tiptoes to pick a star.

*

「少女について」は、谷川作品では珍しい印象を読者に

与える散文詩で、2003年に日英バイリンガルの詩集『愛について』の一篇として再版された。印刷されたページの活字は散文のイメージから抜け出せず、詩という範疇にはどうも入りそうにない気がしてくる。散文詩というのははたして詩か、散文か。その境界が曖昧になってくる。たとえば詩と散文の一行の長さを決めるものはなんだろう？ひょっとして、紙のサイズが問題となるのだろうか？　たしかにそれも一理あるかもしれない。しかし、もっと重要な要素は、定型の韻律が主流のギリシア・ラテン詩の伝統にさかのぼる。そもそも散文詩は、定型詩とも自由詩とも違った独自性を主張している。散文詩はフランスの土壌で花開いたといわれ、ベルトラン(1807-41)の『夜のガスパール』(1842)がその先駆的作品である。散文詩の存在に強烈な光を放っているのは、ボードレール(1821-67)の『パリの憂鬱』(1869)やランボー (1854-91)の『イリュミナシオン』(1886)で、フランス象徴派によってこのジャンルが確立した。

　さて行の話に戻ろう。行の長さは散文であれ詩であれ、本質的な特色ではない。この詩を散文詩と呼ぶなら、散文の要素は短い行には存立していない。詩の要素はほかの長めの文にあるといっていい。つまり、この詩は見た目には伝統的な詩の範疇には入らないが、全体のイメージは常識を超えて、読者を想像上の時空へ連れていってくれる。

この効果を、ここでは一応便宜的に「詩的」と呼んでみたい。くり返しになるが、この詩の文体は散文的だけれども、言語そのものは読者を想像の世界へいざなう「詩的」なものである。結局のところ、これこそ、人間的なものと非人間的なものを含むすべてのものが繋がっていて、互いに影響しあっていると主張する作者の「もくろみ」といえるのではないだろうか？

10
共存と共生

「空の嘘」

空があるので鳥は嬉しげに飛んでいる
鳥が飛ぶので空は喜んでひろがっている
人がひとりで空を見上げる時
誰が人のために何かをしてくれるだろう

飛行機はまるで空をはずかしめようとするかのように
空の背中までもあばいてゆく
そして空のすべてを見た時に
人は空を殺してしまうのだ

飛行機が空を切って傷つけたあとを
鳥がそのやさしい翼でいやしている
鳥は空の嘘を知らない
しかしそれ故にこそ空は鳥のためにある

〈空は青い　だが空には何もありはしない〉
〈空には何もない　だがそのおかげで鳥は空を飛ぶこと
　　が出来るのだ〉

A   LIE   IN   THE   SKY

A bird flies delightedly across the sky.
The sky, as it flies, spreads delightfully.
And a man alone, looking up—
Who will help him?

A plane unzips and exposes the sky's back,
as if trying to embarrass her.
A man destroys
whatever he sees in the sky.

A bird with its gentle wings
is salving the wound the plane has inflicted.
The bird knows nothing of the sky's lie,
and so all the more the sky is for the bird.

The sky is blue. Empty.
Empty. Yet because of the sky, birds fly.

*

　文芸評論家の山本健吉(1907-88)は、日本の近現代詩の歴史をたどるアンソロジーに自ら解説をつけた『こころのうた』を、1981年に文春文庫で刊行した。元々は、1967年に「生活の本」という叢書の別巻として出たものの復刊である。この本に収められた上記の詩の解説で、山本健吉は「人間の知恵やはからいなど、自然の調和、自然の摂理の前には、何ものでもない。」と述べている。詩の中で、空と飛行機とは敵対関係にあるが、空と鳥とは親密な関係にある。ここまでくると、「東京でくしゃみすると、バンコクで津波がおこる」のような根も葉もない空論を思い起こされるかもしれない。しかし、このたわいない妄言も、根底には地上のあらゆるものが共生しているという考えに基づいている。人間もまたしかり。この地球温暖化の時代に、「自然は偉大な教師で、人間は自然から学ぶべきだ」といういささか古臭い教えを日ごとにますます痛感するのは、いまだその効力を失っていないからではないだろうか？

　詩人が日々の生活の中でよりどころとする考えに、「ことばは相互依存するもの」というのがある。谷川俊太郎は

ことばの共生そして存在の共生に、いつも心を傾けている
のだと思う。

11
折句とアクロスティック

えてして
どかんは
われたがる
あたまを
どこかへ　おきわすれ

りっぱな　りくつに
あくび　する

Earthen con-
duit often
wants to be broken,
abandon his brain,
really leave it behin
d.

Logic,

ever so reasonable? Conduit yawns

at

respectable Logic.

*

　谷川俊太郎は、前にも触れたとおり、ことば遊びの詩を
数多く手がけている。ことば遊びの詩は翻訳者泣かせで、
異言語の文化の橋渡しをする中で、もっとも苦労するもの
の一つだ。なかでもノンセンス詩・マザーグース等は特に
そうで、彼自身その翻訳に深く関わってきたし、自作の詩
にもその経験をうまく活かしている。

　ことば遊びの詩は、翻訳者がごくまれに翻訳の過程で、
原詩に近いことば遊びの作品を生み出す幸運に恵まれるこ
とがある。上記の作品は、1991年に刊行された詩集『よ
しなしうた』の序詩に当たる。原詩の各行の最初の文字
を上から下に読んでいくと、「えどわあど　りあ」があぶ
り出される。その次の英訳の各行の最初のアルファベッ
ト文字を、同じように上から下へ読むと、Edward Lear と
いう人名が浮かび上がる仕掛けである。このことば遊び
を、日本語では「折句」、英語では「アクロスティック」
(acrostic) と呼んでいる。そしてエドワード・リア (1812-

88)とは、イギリスのノンセンス詩の代表的詩人で、その名前を序詩に折り込むことによって、作者はリアに敬意を表しつつ、リアを真似てノンセンス詩を作ることを宣言しているともいえそうだ。

　英訳のほうは、かろうじてセーフの感の翻訳ではあるが、リアの名を刻む当初の目的が達成できたことがなによりであった。いずれにしても、谷川俊太郎は、くつろいだユーモアが詩という商いでも大切だということを、実によく理解している。

12

愛のかたち

「はにかむ」

あなたの
前で
あたしは
はにかむ

よく似た
生きもの同士
あたし
と
あなた

飲んだり
食べたり
聞いたり

嗅いだり
愛したり

他の人の前なら
平気
神の前でも
たぶん
平気

でも
あなたの
前で
あたしは
はにかむ

BASHFUL

In front of you
I'm bashful,
even though we're
the same creature.

In front
of you,
I
am
bashful.

Drinking,
eating,
listening,
smelling,
loving....

But in front of others
I'm calm.
In front of God
I'd probably be
calm.

But
in front of
you
I'm
bashful.

*

　この作品は、詩集『あたしとあなた』(2015)に収められ、谷川の他の作品と同じく、愛のかたちを描き出そうとしたものである。「あたし」と「あなた」は、男女(あるいは同性)のどちらでも交換可能で、共通の「あ」という頭韻が「よく似た生きもの同士」であるかのような響きを帯びている。「あたし」(あるいは交換可能な「あなた」)が開示し語りかける簡素で直截的で単刀直入なことばは、読者にも覚えのある心のつぶやきではないだろうか。

13
フットワーク軽やかに

「湯浅譲二に」

日比谷公園の噴水が七色に照明されて
その真中に男がひとり立ってた
しぶきを浴びて両手をひろげて立ってた
まわりに人だかりがして拍手の音もした
まだまだ風は冷たかったよ

陽が落ちるまで野外音楽堂で
ぼくはフォークコンサートを聞いていたのだ
紙飛行機が何台も飛んで──墜落して
バンジョーの音が響き
木々の梢が風に揺れよく似た歌がいっぱい

音楽がぼくをダメにし音楽がぼくを救う
音楽がぼくを救い音楽がぼくをダメにする

(For Jouji Yuasa)

A fountain in Hibiya Park bubbled in seven colors.
Arms extended, a man
stood in the middle of it and got soaked.
A crowd gathered and applauded.
The wind was still wintry.

I sat in an amphitheater until sundown
listening to folk music.
Paper planes were sailing and falling.
A banjo resounded.
Wind shook the tree tops and the songs sounded
  alike.

Music both hurts and heals;
heals and hurts.

*

　詩集『夜中に台所でぼくはきみに話しかけたかった』
(1975)の中の一篇である。作者には失礼ながら、詩の第

二連に形容詞ないしは副詞の修飾語をつけてみたら、その全体の印象はどうなるか、試しにやってみよう。

陽が落ちるまで大きな野外音楽堂で
ぼくはなじみのフォークコンサートをじっと聞いていたのだ
白い紙飛行機が何台も飛んで──墜落して
けたたましいバンジョーの音があたりに響き
高い木々の梢が強風に揺れよく似たなつかしの歌がいっぱい

　エドガー・アラン・ポー (1809-49) は、短編小説でも詩でも、ことばひとつで命取りになるくらいひとつひとつのことばが大切だと言っている。要は、不必要なことばは付け足してはならないということだ。
　この詩のことばは、まさに的確に置かれているため、わたしがあえて加えた下線部のことばは蛇足といっていい。形容詞や副詞を削ることでハードボイルドな文体を創り出した、ヘミングウェイの短編小説を思い起こすといいかもしれない。余分なことばの重しがないと、文章は軽やかに疾走してゆくのである。

14
沈黙への旅

「旅　3　Arizona」

地平線へ一筋に道はのびている
何も感じない事は苦しい
ふり返ると
地平線から一筋に道は来ていた

風景は大きいのか小さいのか分らなかった
それは私の眼にうつり
それはそれだけの物であった

世界だったのかそれは
私だったのか
今も無言で

そしてもう私は

私がどうでもいい
無言の中心に到るのに
自分の言葉は邪魔なんだ

ARIZONA

[poem #20 from *With Silence My Companion*]

The road struck straight to the horizon.
I kept feeling that I ought to be feeling something.
From the opposite horizon
the road struck straight back to me.

Should that landscape have impressed me?
I looked around.
It was itself—nothing more than scenery.

Was I one aspect of what I saw
or did I stand apart?
The scenery is still silent.

I have come to see that my private ego

14
沈
黙
へ
の
旅

is of no consequence.
Words keep butting in on my pilgrimage
to the center of silence.

*

　1968年の『旅』という詩集には、ヨーロッパ・アメリカ・日本の旅の様子が綴られている。日本語の「旅」ということばは、名所旧跡をめぐる観光地や温泉地の旅を連想させる。ひとによっては、単なる観光客というよりも、芭蕉のような旅人を思い浮かべるかもしれない。しかし、この詩集『旅』には、絶妙な皮肉がこめられている。現実には作者は実際の「旅」にも、西洋文学に見られるような巡礼の「旅」にも出ていなくて、ここには通常の旅行者ではなく「ことば」が詰まっているのである。

　こういうとき、詩集『旅』のタイトルをどう訳すといいのだろうか？　英語には数多くの「旅」を表すことばがある。ちなみに、心に浮かんでくる語を並べてみると、travel, trip, journey, touring, rambling, wandering, pilgrimage, 等々。しかし皮肉なことに、この詩集『旅』は、ここに並べた英語のどれを使ったとしてもしっくりこないのだ。はてさて困った。どうしたものかと思案しながら詩集に収録された25篇の作品を何回か読み返してみると、共通したある思考の糸が見えてくるではないか。「わ

れ発見せり(ユリイカ)！」。

　ここまできたら黙っているわけにもいくまい。私見では、それはおそらく「沈黙」である。しかし、詩人は自らの作品の中で黙っているわけにはいかないので、なにがしかを言わなければならない。それは、「アリゾナ」と書いていながらアリゾナに関することではない。なぜなら、詩の中で作者は直接には何も言っていないからだ。ともかく25篇を次々と読み進めると、不思議なことに、作者が何も言わないように一所懸命努力していることにはたと気づくのである。そして作者が「沈黙」を守りたいと願っている姿が浮かんでくるのだ。このへんてこな意味をこめて、詩集のタイトルの英訳を考えた末に、ちょっぴりシリアスに聞こえるかもしれないが、*With Silence My Companion*(『沈黙を友として』)に行き着いたわけである。『沈黙を友として』の後ろに、「旅をする」という意味をこめて。

15

ある日突然

「芝生」

そして私はいつか
どこかから来て
不意にこの芝生の上に立っていた
なすべきことはすべて
私の細胞が記憶していた
だから私は人間の形をし
幸せについて語りさえしたのだ

GRASS

So, coming one day
from somewhere,
suddenly I was standing on the grass;

and because my cellular memory signaled
unfinished business
I have a human shape,
and have even talked about happiness.

*

　作者は、「時間」を詩の生涯の伴侶として選んだ、とい
う評は言いすぎだろうか？　詩集『夜中に台所でぼくはき
みに話しかけたかった』(1975)の有名な作品、「芝生」で
ある。「時間」という概念は、予期できない不可解で不可
避な謎のままとしてある。「時間」を追いかけると「時間」
に追いかけられるありさまで、確信をもって「時間」を語
る方法はないことを知って途方に暮れるのが関の山だ。
「時間」の中で物事は起こるだけで、「時間」とその中で起
こる物事とは、われわれが「時間」と呼んでいるものの圏
外で発生しているように見える。

　次の作品は、谷川俊太郎からわたしに捧げられた「ライ
ト・ヴァース」(「軽い詩」)の類で、「ビルに」(ビルは私
の愛称)と題する詩である。大学が刊行する紀要(「関東学
院大学文学部紀要」第92号、2001年)という固い論文集に
寄せられたのも、愉快であった。

「ビルに」より

あるときビルが現れた
ネクタイしてたかどうかは覚えていない
ずいぶん昔の話だ
コカコーラの壜は手にしていなかったと思う
B-29にも乗ってなかった
とにかくどこかからビルは現れ
日本語の帆は英語の風に大きくふくらみ
いつかおれたち同じ詩の小舟の水夫になっていた
……
あるときビルが現れて
幾時代かがありまして
ナスダックは上げたり下げたり
ゆあーん　ゆよーん　ゆやゆよん
星々は相も変わらず空にきらめき女たちはどっかり居
　　座り
一篇の詩はひらりひらりと人ごみに舞う
願わくはそれがおれたちの老いと死を超えんことを

（斜体字著者）

from "To Bill"

One day Bill appeared.
I don't recall if he was wearing a tie.
It was a long time ago.
He wasn't on a B-29 either.
I don't think he was holding a Coke bottle.
Anyway he appeared from somewhere.
The sail of the Japanese language billowed out
in an English language-wind
and soon we began sailing the small craft of poetry.
......
One day Bill appeared
and through several generations
the Nasdaq rose and fell.
Rising-falling, rising-falling....
Stars blink above, as ever women plunk themselves
  down
and a single poem flutters in and out of the crowd;
I hope it'll survive after we grow older and die.

(*Italics* mine)

- 0 6 3 -

物事はただ生起するだけである。目を開けると、「突然」説明のつかないものが侵入してくる。だれもその理由も道理もわからない。その意味では、人生とは不思議に満ち満ちている。人間の知など氷山の一角にすぎないのだから。われわれはこの乏しい理解力でなんとかやっていくしかない。なんとかなるさ。なんとかなるもんだ。

16
ユーモアの糸

「けいとの　たま」

ぬくぬくと　ふとって
かるがると　たのしそうに
けいとの　たまが
よつかどを　まがる
ちずも　もたず
まほうびんも　なしで
あみぼうを　おきざりにして
ああ　はしをわたってしまった
けいさつしょも　とおりすぎた
けいとの　たまは
もうひとつ　かどを　まがる
さんねんまえには
きれいな　てぶくろだったのに
ちゃんとゆびも　そろってたのに

BALL OF YARN

Plump and snug and feathery,
a ball of yarn
rolls gaily down the street
and turns the corner.
No map,
no thermos bottle,
the knitting abandoned,
it's already crossed the bridge
and passed the police station,
and now
turns another corner.
Three years ago
it was all five fingers
of a lovely glove.

*

　詩集『よしなしうた』(1985)には、すべて十四行詩が収
録されているが、その中の一篇である。
　「けいとの　たま」は、３年前せっかく手袋に編んでも

らったのに、ほどかれて元の毛糸玉に逆戻りしたらしく、どうもそのことが不満のようだ。ちょっと太り気味の「けいとの　たま」が、家出しているようす（？）からこの詩は始まる。不条理に満ちた運命の皮肉の逆転劇が展開し、ユーモラスだ。これは、現実のありふれた日常生活を斜に構えて眺める、日本人にはおなじみの、川柳のかなり長めのバージョンといえないだろうか？　わたしにはそんな気がするのだ。

　実は、わたしはテレビ番組「笑点」をこよなく愛する者のひとりだが、あの笑いこそ即興のみごとなパフォーマンスとして世界に誇れるものではないだろうか？　異文化の「笑い」に精通することが、精神を解放しそして豊かにしてくれる。その意味で、日本の現代詩もまた、川柳の精神にならって、ユーモアの「けいとの　たま」をころがすことに一所懸命になったほうがよさそうだ。そのことを、この詩は私に教えてくれる。

　今、読者が目にしているこの文章を日本語に訳してくれているのはわたしのかつての同僚だが、近ごろユーモア研究と称してアメリカの「ライト・ヴァース」（「軽い詩」）や「ことば遊び」にまじめに（？）取り組んでいるらしい。彼のお気に入りの二つの引用文を並べて、英語圏の笑いの発想を考察してみるのも一興かもしれない。

世界で一番勇敢なひとはピーナッツ一粒食べてそれでやめられるひと。

チャニング・ポロック (1926-2006)
アメリカのマジシャン・俳優

楽観主義者はドーナツを見るが悲観主義者は穴を見る。

オスカー・ワイルド (1854-1900)
アイルランドの作家

　それにしても、わたしの翻訳者はよほど食い意地が張っているようだ。

17

墓 碑 銘 を 刻 む

「 墓 」

汗びっしょりになって斜面を上った
草の匂いに息がつまった
そこにその無骨な岩はあった
私たちは岩に腰かけて海を見た
やがて私たちは岩を冠に愛しあうだろう
土のからだで　泥の目で　水の舌で

A GRAVE

Climbing the slope, we sweat profusely,
choked on the acrid odor of the weeds.
We came across a jagged rock,
sat on it and looked down at the sea.

Before long we shall be in love beneath this rock-
  crown,
our bodies earth, our eyes mud, our tongues water.

*

　「死よ、驕るなかれ」「亡き妻の面影」「金魚鉢で溺死した愛猫を悼む」「死者のための祈り」「逝きしわが子」「戦歿者を悼む」等々。イギリスの名詩を集めたアンソロジー（『イギリス名詩選』岩波文庫、1990)に収められた訳詩のタイトルを任意に並べてみた。死者を悼むこのような多くの悲歌・哀歌・挽歌・鎮魂歌と比べて、人間の誕生を祝う詩のいかに少ないことか！　愕然としてしまう。ひとは、誕生より死のほうに心揺すぶられる遺伝子を生まれながらに持っているのだろうか？　それとも、悲しみのほうが喜びよりも強いということなのか？　こうした素朴な疑問に対して、死を描いた多くの詩が世界のあらゆる国々で見いだされる事実をまのあたりにすると、そのとおりと言わざるをえないのではないだろうか。
　詩集『Traveler ／日々』(1995)に収録されたこの作品「墓」の特徴は、感情を出来る限り抑えて、死を美化するでもなく、自然のままの「無骨な岩」を訪れる二人の男女らしき人物が客観的に描写されている。日本人は一般的に死を厳粛に受け止めるきらいがあるようだが、欧米人の多

くは、死の現実から逃れようとする傾向があるようだ。もっとも、この傾向もだんだん失われつつあるのが現状のようだが。

　死者を弔う慣習や儀礼が変化するにつれ、これから生み出される詩も、当然その変化の影響をこうむることになるだろう。地球以外の星に将来ひとが普通に住むようになったとして、もしそこで死んでしまったら、この詩にある「土のからだ」「泥の目」そして「水の舌」は、どんなものに取って代わるのだろうか？　まあ、想像してみたところで、私の理解力ではとうてい及ばない話である。

　それではおしまいに、アメリカの子供たちのあいだで、かつてはよく口ずさまれた、ちょっと不気味なマザーグースの一節をごらんいただこう。

うじ虫どもは上へ下へと大はしゃぎ
おまえの鼻はトランプ遊びの台にされ
おまえの目も鼻も食べつくされ
足指の間のゼリーまでしゃぶりつく

The worms crawl in, the worms crawl out.
The worms play pinochle on your snout.

They eat your eyes, they eat your nose.
They eat the jelly between your toes.

　この気味悪いながらもちょっぴりコミカルな調子は、も
ちろん本作「墓」の最終行の軽いタッチのユーモアとは異
質であるが、それぞれに死の実相をうまくとらえている気
がするのである。

18
祈りと願い

「 光 」

見ることを許して下さい
そして見えたものを名づけることを
形に溺れ色に淫し
そのあまりの美しさに
すべてを幻とすら思おうとする私たちに
もういちど見ることを許して下さい

見てしまったことを許して下さい
与えられた眼の限界を超えて
恐れ気もなく秘密をあばき
そのためにいつか跪くことを忘れ
みずからの造り出した一瞬の閃光に
盲いようとする私たちを許して下さい

LIGHT

Allow us to see
and to name things seen.
Allow us—who indulge in shapes and get addicted to
  colors
and who try to turn everything into a vision
because of its overwhelming beauty—
allow us to see once more.

Forgive us for having seen—
for fearlessly having exposed the secrets
beyond the limits of the eye.
Forgive us for trying to blind ourselves
by a flash of our own devising,
forgetting to kneel in awe.

*

　詩集『詩を贈ろうとすることは』(1991)に、本作は収録
されている。作者が『二十億光年の孤独』(1952)という
タイトルの詩集でデビューしたことを思い起こせば、「光」
はたえず詩人とともにあったといえるだろう。

この作品の中で、「光」は擬人化され、まるで生きている存在(「神」に近い存在?)であるかのように祈りの対象となっている。宗教が「光」を神の顕現として追い求めるのと同じように、困難にぶつかったとき、救いを求めようとして、詩が「祈り」に変わることがある。仏教徒・キリスト教徒・イスラム教徒、あるいはなんであれ、祈りの姿勢は立つか、跪くか、横たわるかくらいの違いにすぎない。つまり宗教は違っても、「光」を待ち望むのは共通しているといえる。

　ひとの祈りを聞き届けてくれて、ひとの罪を許す寛容な心を持っている「光」であるとすれば、キリスト教の文化圏で生まれ育った私などは、「光あれ」といったキリスト教の神の教義につい置き換えてみたくなってしまう。しかし、おそらく谷川は宗教からは距離を置いた、もう少し科学的な眼差しで「光」をとらえているのだろう。

　第一連は、現在と未来をふくむ、人類が光によって与えられた生存と繁栄の祝福を、神とは切り離した太陽の光の恵みに、感謝の祈りを捧げているのかもしれない。第二連には、キリスト教の原罪に近い、人間の罪が描かれているように思える。「みずからの造り出した一瞬の閃光」は、いやおうなく原子爆弾を連想させることを思うと、この詩は見事なまでに抑制のきいた、「平和」を希求する厳かな鎮魂歌のようにも見えてくる。

19

音 の む こ う に

「 鳥 羽　 9 」

そっと
どんなにそっと歩いても音をたててしまう
こんなに深い絨毯の上で

これもまた何者かからの伝言
囁きともいえぬ囁き
この音もまた言葉

機械の軋みにもつんぼになった事はない
けれど今
私は耳をおおう
かたく両手で

するとなお大きく

人の血のめぐる音が聞こえる
私に語りかける声が聞こえる
限りなく平静な声が

Softly,
however softly I walk upon this thick carpet,
I make a sound.

It may be someone whispering,
almost inaudibly.
This sound, also, is a word.

Screeching machines have never intimidated me
but at this moment
I quickly, tightly
cup my hands over my ears

and I hear blood surging through arteries;
and a voice
which is calm
and calm.

　処女詩集『二十億光年の孤独』でデビューを果たして以来、70年以上にわたり、どんな組織にも属さず、自分のペン(鉛筆かもしれない、後年はパソコン)ひとつで生きることが、日本の詩人という職業においていかに困難なことであったか、それは経験した者にしかわかるまい。谷川俊太郎は、まさに戦後の日本の現代詩を先頭に立って牽引した輝かしいトップランナーである。しかも、まだ創作のエネルギーが衰える気配はない。注文による詩作はプロフェッショナルの証しだが、締切を厳守しなければならないことから、詩的な(私的な?)「耳鳴り」にたえず悩まされてきたはずだ。

　ことばとの格闘は、たとえばこの「鳥羽」シリーズの10番目の作品から引用してみると、「途切れることのない家族の饒舌に混る／ひとつふたつの土地の訛り」「風は私の内心から吹いてくる」「私は言葉の受肉を待ちうける」「どんな粉本もない」などのような詩行に現れている。ここには、ことばへの偏愛と嫌悪の相反する感情が意識下に渦巻いている。谷川は、自分の中に存在する、ことばに反応して八つ当たりせずにはいられない詩人と、約70年にわたり60冊をゆうに越える詩集を生み出した超人的な詩人との折り合いをつけながら奮闘してきたのだ。

この作品「鳥羽　9」を読んで思うのは、まわりの雑音を振り払ってひとは完璧な「沈黙」を手に入れることができるのだろうか、という疑問である。すでに見たとおり、この詩が収められた詩集『旅』(1968)は、その「沈黙」がテーマであったが、それがどういうものでどこにあるのかは、謎のままわれわれに突きつけられている。

20

飾らない文体

「八月と二月」

少年は仔犬を籠にいれた
少年は仔犬を籠にいれておもしをつけた
少年は泣いていた
蟬の声がやかましかった

　女の室は寒かった
　私たちは毛布を何枚もかぶっていた
　女の体は乾草の匂いがした
　夕暮で　みぞれが降っていた

少年は河岸で籠をのぞいた
仔犬は小さな尻尾をふっていた
太陽はやけつくようだった

うす暗い室の中で
私たちは汗まみれになり
やがてじっとして眠りこんだ

少年は目をつぶって籠を河に投げこんだ
それから泣きながら走って行った

私たちが目をさました時
もう外は真暗だった

少年は夜になっても泣きやまなかった

AUGUST AND FEBRUARY

The boy caged a puppy.
The boy caged a puppy and tied a weight to it.
The boy was crying.
Cicadas were shrieking.

The girl's room was cold.
We lay under some blankets.
The girl smelled of hay.

20
飾らない文体

It was evening with sleet falling.

The boy peered into the cage by the riverbank.
The puppy wagged its tail.
The sun was scorching.

In the dark room
soaked with sweat
we soon fell asleep.

The boy shut his eyes and flung
 the cage into the river
and then ran away crying.

When we woke up
it was dark outside.

Even when night came the boy did not stop crying.

*

　たとえば、「男は泥酔したせいで、もっとも深い眠りの
淵を彷徨った」という硬めの日本語を、この語調を伝える
ため、ラテン語をルーツにした多音節の形容詞・副詞・名

詞を使って英訳してみると、"He imbibed alcoholic spirits so excessively that he descended into the profoundest of slumbers."のような文が考えられるかもしれない。作家の中には、このようなラテン語系の英語を得意とする者がいる。ヘンリー・ジェイムズ(1843-1916)やウィリアム・フォークナー(1897-1962)がまず思い浮かぶだろう。このタイプの作家は一般大衆向きではないため、読者は限定されがちである。ところがヘミングウェイは、平易なわかりやすい英語を身上としたため、単文を基本にしつつ、もっともやさしいandとbutそれにorやsoなどの接続詞でつなぐ重文という組み合わせをそれに加えて、簡潔な文体を作り上げていった。

　もし英語という言語が直截的で気取らない語法のほうを好むとすれば、単音節を主体とした短めのことばを選び取ることになるはずだ。いいかえれば、それはラテン語系の複雑なことばとは違う英語のもうひとつのルーツ、簡素なアングロサクソン語からの贈り物なのである。このように英語の語彙には、アングロサクソン語を基盤にした庶民的英語と、それに反発するかのような、やや上から目線の上流階級的な、ラテン語の教養をひけらかすような英語があって、それぞれが英語という言語の両極に位置することを頭に入れておくといい。

　前置きが長くなってしまったが、引用した作品は復刻普

及版の『絵本』(2010)という詩集から採ったものである。この詩を英訳する際、以上のような英語の特徴を考慮すると、簡潔な文体の単音節の英語のことばが、手招きして呼んでいるかのような錯覚にとらわれる。翻訳は、ことばの意味に加えて、文体を移し替えることも大いなる目標であるからだ。最初に挙げた日本語の文をもっと身近な日常的な表現に直すと、「男は飲みすぎて、死んだように眠りに落ちた」くらいであろう。プレイン・スタイルの英語"He drank so much that he fell dead asleep."で、いかがなものだろう。こういう虚飾のないストレートな英語が、谷川詩の翻訳にはいちばん似合う。

21

乳房考

……
やまのいただきのほこらに
いのちはぐくむいずみがわいている
それはむかしからのいいつたえ
……
くちびるとしたがちかづく
ちぶさはまっている
あたえるよろこび
……
おとこがけっしてしることのない
このまるみのこのおもみ
このおちつき
……
むねのおくにどんなかなしみがあろうとも
おんなはここに
よろこびのおもいでだけをかくしている

……
おんなにはなまえがあるが
ちぶさにはなまえがない
やまおくのいずみのように
……

[from *mamma*, 2011]

From a shrine on a mountain top
a spring that fosters life is welling up.
This has been said since ancient times.
……
Lips and tongues approach.
The breasts are waiting.
The joy of giving.
……
Men never know
this roundness, this heaviness,
this composure.
……
Whatever sadness there is
deep in the heart,

a woman preserves here only the memory of joy.
......
A woman has a name
but a breast has none,
just as a spring deep in the mountains doesn't.

*

　伴田良輔による、女性の乳房62枚のカラー写真と、谷川俊太郎による32篇のコメンタリーのような詩を併載した写真と詩のコラボレーション『mamma まんま』(2011)から抜粋した。これまで谷川は、数多くの絵本や写真集に詩を提供してきた。それは通常の詩作品とは異なり、映像と言葉の相互作用を楽しむ、イメージを複合的にふくらませられる媒体だ。しかし、作家への仕事の依頼が増え続けると、その多忙さゆえに、作品の質が低下する危険性が待ち受けているものである。

　英語圏、特にアメリカ英語の言い回しに、「ホールマーク・カードの三流詩人」(a Hallmark sort of poetaster)というのがある。アメリカのホールマーク社が発売している、クリスマス・カードやバースデー・カード等の各種グリーティング・カードに載っているような、詩もどきの「へぼ詩」(英語では、犬には失礼ながら、doggerelという)を指していう。しかし谷川俊太郎は、そうした危険性を常には

らみながらも、まさに巧みなアクロバットの軽業師のように すり抜けてきた。

ここに挙げた全32篇中の5つの詩篇は、「乳房」への新鮮な視点を与えてくれる。谷川は、かつて『谷川俊太郎の33の質問』(1975)というインタビュー集を出したことがあった。各界の著名人に、自分の作成した33の質問を、同じ順序で各自に浴びせてゆくユニークな〈対話シリーズ〉である。その33の質問のひとつに、「女の顔と乳房のどちらにより強くエロチシズムを感じますか?」というのがある。たしか、回答者(インタビュアーの作者も参加している)の男性諸氏は、全員「顔」と答えている。その意味でいうと、この写真詩集は、かつて冷遇された「乳房」へのオマージュといえるかもしれない。

乳房に関していうと、10代とおぼしきある女性が、Milky Wayという英語のロゴのTシャツを着ている場面に出くわしたことがあった。Milky Wayは、普通「銀河」とか「天の川」の意味だが、アメリカのチョコレートの商品名としても知られている。しかし、このTシャツのデザイナーは、女性が着ることを意識して、文字どおりの「ミルクの道」とか「母乳の道」である「おっぱい」や「乳房」を示唆する意味をかけたのは間違いないだろう。Tシャツを着ていた当の女性は気づいていなかったようだが、つい笑ってしまったことをいまでもよく覚えている。

22

異郷のふるさと

「 北 軽 井 沢 日 録　九 月 四 日 」

ぼくらの土地に育った言葉は
おしゃべりを忌む

さらりと言ってのけて知らんぷりして
言葉に言葉を重ねたりせず

ほんとはいつでも無言を目指して
歴史なんてなかったかのように
いつでも白紙で今を始めて

言葉で捕まえようとすると
するりと逃げてしまうものがある
その逃げてしまうものこそ最高の獲物と信じて

この土地に育つ言葉は
この土地に
生まれたぼくらを困らせる

SEPTEMBER 4TH

The language that grew in our land
abhors chatter.

We talk nonchalantly, feigning ignorance,
and don't pile up words one upon another.

We aim, always, at silence,
as if history never was; and always
the present begins on blank pages.

When words try to catch something,
it quickly slips away.
We know that it is the best quarry that escapes.

The language that grows in this land

embarrasses those of us
who were born here.

*

　谷川俊太郎は10代の終わり頃から、夏には北軽井沢の
家へ避暑をかねて出かける。この詩は、日付が示すとおり
日記のようなスタイルで、詩集『世間知ラズ』(1993)に収
録されている。

　ひとつ言い忘れていたが、谷川詩は基本的に句読点を
打たないのが特徴だ。本書の全26作品の中で唯一の例外
が、第1章で扱った詩集『コカコーラ・レッスン』の栞に
印刷されていた作品だ。文の終わりに作者の署名が入って
いるためか、これには句点を打っているということは、ど
うやら詩ではなく散文のつもりであるかもしれない。しか
し、栞の文であれ、私はこれを詩と捉えているのは前にも
触れたとおりである。

　日本語の「句読点」に相当するのが、英語では「句読
法」(punctuation)と訳されるものである。英詩の場合、ど
うしても意味を明快に伝達しようという目的のため、句点
や読点に当たるピリオドやコンマを省略することは通常考
えにくい。「句読法は、すくなくとも死や税金と同様、避
けられない」(Punctuation is at least as inevitable as death
and taxes.)といった、格言のような厳格なしきたりに支配

されているようである。それでも詩人の中には、そうした息苦しさから自由を求めて、句読法なんぞなんのそのと反骨精神を発揮する者もいる。アメリカの詩人E. E. カミングズ（1894-1962）やウィリアム・カーロス・ウィリアムズ（1883-1963）は、句読法の牢獄から脱走をはかったといっていい。

　この第22章で取り上げた詩も、詩人がことばで獲物を捕まえようとする狩猟の旅が、生まれた土地を越え、そのことばが見知らぬ土地へと広がっていくことを期待しているのかもしれない。国家を規定する国境というものを持たない「土地」ということばが、ボーダーレスな世界を暗示しているのではないだろうか。W. H. オーデン（1907-73）も、同じ夢を共有していた。

詩人の夢は、自分の詩が、
どこかの谷間で作られたチーズのように、
土地特有のもので、しかもほかの土地で賞味されること。

（『オーデン詩集』思潮社、沢崎順之助 訳）

A poet's hope: to be,

like some valley cheese,
local, but prized elsewhere.

23

カタログ詩という方法

「みみをすます」より

みみをすます
みちばたの
いしころに
みみをすます
かすかにうなる
コンピューターに
みみをすます
くちごもる
となりのひとに
みみをすます
どこかでギターのつまびき
どこかでさらがわれる
どこかであいうえお
ざわめきのそこの

いまに
みみをすます

[from *LISTENING*]

I listen
to roadside pebbles
I listen
to a feebly groaning computer
I listen
to my neighbor's
muttering
I listen
Somewhere a guitar is being strummed
Somewhere a dish breaks
Somewhere a-i-u-e-o
to the now
at the bottom of the din
I listen

*

絵本作家・柳生弦一郎との共著『みみをすます』(1982)に収められた、6部からなる長詩の第1部から抜き出したものである。「みみをすます」という日本語のニュアンスを英語に移すと、"cocking an ear"という慣用句が適切かもしれないが、いくぶん硬い表現になるので、日常語としてふつうに用いられる"listening"を英訳のタイトルに決めた。

　日々の習慣として、物忘れ防止策として、あるいは自戒の意味を込めて、ひとは「今日やるべきこと」や「買い物リスト」等を一覧表にしてメモしたりする。引用した作品も、一覧を提示する詩法が用いられており、「リスト詩」というより「カタログ詩」と呼んだほうがよさそうだ。「みみをすます」という詩行のリフレインによって挟まれた間のブロックごとに、注意事項が並列されていく構成になっている。まるで「みみをすます」対象物が読者の聴覚を刺激するような機能を担わされ、聴覚テストの信号音の材料のように並べられている。

　「カタログ詩」は、実は詩的技巧のひとつで、古くは旧約聖書のヘブライ語の詩篇までさかのぼるという説や、紀元前33世紀頃の古代メソポタミアの著述という説もある。このカタログ詩法は、谷川作品にも時折出現する。彼の詩集『日本語のカタログ』(1984)は、特異な実験的試みだ。さまざまな日本語の例文を、アト・ランダムにサンプ

ル品のように展示して並べたり、漫画のセリフまでも収めた、日本語の百科事典のような趣のある画期的な作品集である。谷川はこの詩集に特別な愛着を持っているが、これは翻訳者泣かせの最たるもので、それでも近ごろなんとか訳出したものの、出来栄えに不安の霧はいまだ晴れない。

　「カタログ詩」に並べられるものは、なにか味気ない無機質な感覚を与えるかもしれないが、古代の人びとが神話の神々の名を天の星に与えたのと同様に、地にもそのロマンを並べようとした試みが「カタログ詩」の発生に関わっているといえるのではないだろうか。

24

滑稽と真摯な詩人の肖像

「詩人さんたち」
ロッテルダム国際詩祭'92

ヒトよりもチンパンジーに似てるのもいないではない
　が
こうして眺めるだけではただの老若男女である
ただし金持ちがいないのはたしかなようだ

詩を書いたせいでいまだに牢屋にいるものもいる
そいつは当然ここにはいない
詩を書こうとしたおかげで母語を失った奴もいる
そいつは流暢な英語でそのわけを説明する

ほとんどのコトバはぼくにはちんぷんかんぷん
だが声の調子はどれもみな馴染み深い
ホールの外では空高くヒバリが囀っていて

ぼくらの声はむしろその声に似てはいまいか

ほらまたもうひとり上気して壇上に上がる詩人さん
なんだか落ちこぼれたスパイみたいな男
君もまた曲がりくねる文法の迷路をたどって
この世のもうひとつの真実へ向かおうとあがいている

FELLOW-POETS

It's not as if some one of us does not resemble a
  chimpanzee.
All in all, I see ordinary people—men, women, young
  and old.
There's certainly not a rich one among them.

One poet's poetry has landed him in jail—
Of course he's not here.
And another explains in fluent English
why he lost his native tongue when he tried to write
  poetry.

Most of their languages are Greek to me,

滑稽と真摯な詩人の肖像

though the tone of their voices I know well.
High above the hall skylarks are singing.
I wonder if our voices more resemble theirs than
  anyone else's.

Look, a third mounts the stage excitedly.
He looks like an unsuccessful spy.
You, too, my fellow-poets, negotiate the twisted path
  of grammar,
trying to reach another truth.

*

　「鳥羽　1」という作品で、谷川が「本当の事を言おうか／詩人のふりはしてるが／私は詩人ではない」と公言したのは、つとに有名である。ここにはもちろん詩的フィクションが機能しているので、いくぶん割り引いて聞くとしても、その中に、自分のことを他人でも見るかのように眺める距離があるのを感じ取れるだろう。
　谷川俊太郎は30代の終わり頃から、外国で開催されるいわゆる「国際詩祭」と呼ばれる詩の朗読会に参加するようになった。アメリカ・オランダ・ドイツ・スイス・イングランド・フランス・ウェールズ・スコットランド・アイルランド・カナダ・南アフリカ・中国・等々。ともかく外

国の詩祭にこれだけ招待を受け、積極的に参加するバイタリティのすさまじさは驚嘆に値する。「詩人さんたち」は、1992年に開催された「ロッテルダム国際詩祭」の模様を、ひとりの詩人の目をとおして、壇上で自作詩を朗読する同業者仲間を、ある意味、冷めた客観的な描写で捉えたものである。ほとんど滑稽なまでの風刺画の世界が広がっていて、思わず微笑んでしまう。

　詩の朗読者のテーマはさまざまでも、「愛」と「死」は落とすことのできない必須の題材だとすれば、「詩人さんたち」の心に取憑いて離れないもうひとつの題材は、「詩・詩人・ことば」の三種の神器であろう。「詩人さんたち」は、要はことばの御用達なのだから。本書の序文でもふれた、「あなたはなぜ詩を書くのですか？」という質問は、「詩人さんたち」は耳にタコができるくらい聞いたものだろう。この詩の最後に、その解答のひとつが与えられている。詩を書くとは、「この世のもうひとつの真実へ向かおうとあが」くこと。「もうひとつの真実」とは、なんだろう？　その前提としてある「真実」とは？　科学的「真実」？　常識という「真実」？　普通の真実を超越した「真実」？　疑問はつきないが、英語圏育ちのわたしの耳には、ひょっとしたら「空高くヒバリが囀っていて」とは、「ヒバリの歌」の中にこだまする「ひとつの真実」かもしれないと思える（イギリスのロマン派詩人シェ

リーの「ヒバリに寄せる」という詩を下敷きにしているのでは、とつい連想してしまう）。それにしても、謎めいた詩である。

25
別れのうた

「そして」

夏になれば
また
蟬が鳴く

花火が
記憶の中で
フリーズしている

遠い国は
おぼろだが
宇宙は鼻の先

なんという恩寵
人は

死ねる

そしてという
接続詞だけを
残して

    A N D   T H E N

When summer comes
the cicadas
sing again.

Fireworks
freeze
in my memory.

Distant countries are dim
but the universe
is right in front of your nose.

What a blessing
that people

can die

leaving behind
only the conjunction
'and.'

*

　人生の総括をしようとするなら、生と死の始まりと終わりだけを書くのではなく、人生の過程をまとめるのがひとつのやり方のように思える。誕生祝いの詩でなく、辞世の詩でもなく、厳密な墓碑銘でもなく、なにかもっとあっさりしたこの世の別れうた。72字(漢字22字、ひらがな46字、カタカナ4字)。この詩は詩集『minimal』(2002)に収められている。英語のタイトルというのも珍しい。「ミニマル」とは、ミニマルアートという1960年代のアメリカ美術の抽象絵画・彫刻を連想させるが、「最小限の」ことばで表現する詩をめざしたものであろう。詩のタイトルの「そして」は、最小限のことばとしてもっともふさわしい。悠久の時の流れの中の限りある人生の旅路に、最後に残るほんのわずかなイメージの点描。

　「蟬」(私の感覚ではアブラゼミの声、天ぷらが揚がるときのあの油の音みたい)。「花火」(無音ながらもあのドーンという音が振動する)。「遠い国」(アメリカ・ヨーロッ

パ諸国・インド・カナダ等々)。「人」(先にみまかった親族・先輩・友人)……。たしかに人生とは、とぎれのない「そして」によって繋がれてゆく出来事の積み重ねといえる。それはなにか諦観に支配されるのではなく、簡潔までの鮮やかな事実をオブジェのように提示する。語られないことは、不必要なこととして余白となり、余韻として響けばいい。詩の最終部は、「そして」が驚きの余韻を残すつなぎことばになって、効果的に用いられている。残りの余白を引き寄せる強力な磁石となって。

あ と が き

　日本の詩に出会って、初めてわたしが英語に訳した作品
は、1960年代中ごろ朝日新聞に掲載された谷川俊太郎の
詩だった。そして、わたしたちが詩を翻訳した直近の作品
は、2021年4月初旬頃のことで、朝日新聞の夕刊に載っ
た谷川の詩である。今のところでは、この次に訳す詩は、
2021年5月初旬に同じく朝日新聞夕刊に載る予定の谷川
作品になるだろう。

　1960年へと遡って、谷川作品のことばを借りると、「そ
して私はいつかどこかから来て不意にこの〈横浜〉の上に
立っていた」。その「どこ」とは、わたしが1931年にこの
世に生を享けたアメリカのカンザス州だ。そこはわたしが
6ケ月間を過ごしただけで、父の仕事の関係で、6人家族
のわが家はシカゴに移り住むことになった。シカゴで幼少
期を少なくとも9年間過ごした。父の仕事は牧師で、戦時
中は移動性の職種のアメリカ人はさらなる移動を余儀なく

された。わが生涯を振り返ってみると、わたしは現在89歳。そのおよそ半分の年月を横浜で暮らしてきたことになる。日本のことを学ぶ研究者ならびに英語教師として約半世紀前に来日し、その役割は今も変わらない。

　「めぐりあわせ」なのか、谷川さんとわたしは同い年の35歳だった。「めぐりあわせ」なのか、わたしは彼の詩に出会った。「めぐりあわせ」なのか、関東学院大学の同僚だった川村和夫が、この詩人はたいへん有名な現代詩人だと教えてくれた。「めぐりあわせ」か、わたしもまた詩人だった。こんなことが、「めぐりあい」、からみあい、あまりにとんとん拍子に進んでいったためか、時として「めぐりあい」（それとも運命？）というよりほかの言葉をさがしてみたくなる。1960年代あたりに、日本の現代詩の状況をわたしなりに考えていたが、取りつく島がなかった。日本の現代詩は、日本の大学の授業科目にも、大学教員の生活の中にも、過去から現在にいたるまで、その居場所を見いだせなかったからである。教員たちは(わたしもかつてその仲間だったのでわれわれといったほうがいいのだが)いまや悪名高い数々の委員会やだいたい無駄といっていい教授会に出席する義務を負わされている。そして教員は自分の専門分野の蛸壺に隠れ、同僚の教員の研究活動にまったくあるいはほとんど関心を示さないときている。

1960年代中ごろ、同僚の英語教員から尊敬を集めていた柳生直行と川村和夫はわたしの提案に理解を示してくれた。それは、これまで日本の大学に同様の組織が存在していない、アメリカの大学などにある「ポエトリー・センター」を、「関東ポエトリ・センター」という名前で立ち上げようというものだった。しかし、既存の伝統を壊すことへの反発、すでに決定済みの年間事業計画、教員の抱える実務の多さ、施設ならびに予算不足、等々が、わたしの素案として描いた計画を実行に移すのを頓挫させそうだったが、柳生さんの絶大な影響力と川村さんの推進力のおかげで、2泊3日のポエトリ・セミナーを企画主催することになった。われわれとしてはなんとしても助けが必要だった。谷川さんがセミナーの企画・宣伝・司会を引き受けてくれ、それが実現した。そして川村さんが、庶務課の有志の職員の助けを借りて、めんどうな実務の仕事を快く引き受けてくれた。こうして、関東ポエトリ・センター主催の第1回関東ポエトリ・センター夏季セミナーは、横浜の関東学院大学(室の木キャンパス)で、1968年8月に開催された。

　「めぐりあわせ」は思いがけない形でやってくる。結論からいうと、家族の病気のために、わたしは一家をあげてアメリカへ戻らざるをえなくなってしまった。1968年か

ら1982年まで、オレゴン州の小さな町マクミンビルにあるリンフィールド大学の教養学部でわたしは教鞭をとることになった(関東学院大学とリンフィールド大学との姉妹協定をわたしは裏方として支えてきたが、この協定も40年を優に越えている)。リンフィールド大学に移ってからは、川村さんとわたしは、うんざりするペースでしかもおのれの不運を嘆くかのように、当時としては唯一の可能な方法だった船便という手紙のやりとりで、まだ翻訳作業を続けていた。そして、オレゴン州ポートランドのプレスコット・ストリート・プレス社から、谷川作品としてはアメリカで初めての詩集の英訳を、われわれは1975年に出版した。それは、『沈黙を友として』(*With Silence My Companion*, 1975. [原本の題は『旅』(1968)])という題で刊行された。

　1968年わたしが日本を離れることになって、関東ポエトリ・センターはとりあえず開店休業のシャッターを下ろすことになった。1970年に第2回関東ポエトリ・センター夏季セミナーのために戻ってきたが、その1回きりであった。そして1982年に、喜びと大いなる期待を胸に抱いて、わたしはふたたび関東学院大学に専任教員として舞い戻ってきたのだった。

　それから20年にわたって、8月の夏季セミナーを着実

に継続し、それに合わせたバイリンガルの詩誌「ポエトリ関東」を年1回刊行してきた。しかしまた次の「めぐりあわせ」が待ち受けていたのである。それは、少子化による大学受験者数の減少に伴う、日本経済の逓減と縮小である。これによって、看板を下ろす大学が増えていった。関東学院大学当局も夏季セミナーへの補助金をカットせざるをえなくなり、その限られた財源のためわれわれはセミナーを中止したが、詩誌「ポエトリ関東」の刊行は数年間続けることができた。あの20年間、日本の詩人、批評家、学者ならびに音楽家を含むエンターテイナーの多くの人たちが、われわれの夏季セミナーの祭典に参加してくれた。指名されると、おそらく使命感に駆られてどこからともなく現れては、詩の朗読をしてくれたり、セミナーの講師を担当してくれたり、音楽や演技で楽しませてくれたりした。1970年には西脇順三郎が来てくれた。後にノーベル文学賞を受賞するシェイマス・ヒーニーは、われわれの招聘を快く受け入れ初来日を果たした。その後、夏季セミナーを海外で一度だけアイルランドの首都ダブリンで開催したときも、ヒーニーは律儀に来てくれた。谷川さんはもちろんわれわれの大黒柱で、毎年のセミナ-の企画を立てて、セミナーの講師の人選をし、「ポエトリ関東」の編集にも参画して、雑誌の質的向上に貢献してくれた。セミナーにはご子息の作曲家・ピアニストの谷川賢作さんと彼

のバンド「DiVa」も加わって、大いに楽しませてくれた。

　わたしは、1982年から2015年(川村さんが逝去した年)にかけて、川村さんとだいたい週１回のペースで翻訳するため会う機会を継続した。読者の方は別に驚かれないかもしれないが、わたし自身は今もって愕然とする。33年間１回も欠かすことなく、面と向き合って翻訳に集中する二人だけの会合。大人向けの谷川さんの詩を全部訳そうという壮大な野望を抱いていた。川村さんの命のロウソクが燃え尽きるまで、やり通したのだった。二人でまたもう一冊の新しい谷川さんの翻訳が完成しそうなとき、川村さんは朝方眠ったまま息を引き取った。葬儀に参列した、わたしの同僚の西原克政がわたしの意を汲んで、すみやかに川村さんの後を引き継いでくれ、この遠大な翻訳計画は途中で頓挫することもなく今日まで無事続いている。ここで元同僚の英文学者、この人物なくしてわたしは翻訳者の肩書を持つことができない、西原さんを紹介しておきたい。
　「めぐりあわせ」なのか、わたしの日本人の友人知人のだれよりも彼はアメリカの詩にくわしい。彼自身、翻訳者として長い経歴を持ち、W.D.スノッドグラス、エズラ・パウンド、ウォーレス・スティーヴンズやそのほか日本の詩人も数多く翻訳している。アメリカのユーモアを研究し、現代という時代においては絶え間ない闘争の場と化し

ている文芸批評にもめっぽうくわしい。西原さんも「ポエトリ関東」の編集に加わり、詩関連の多くの書物と論文も世に出している。わたしと同様、彼も定年退職組の仲間だが、二人で谷川さんの詩を翻訳している。川村、西原、エリオットで、岩波書店が電子書籍として出版した54冊の谷川作品の英訳を担当している。さらに新しい詩集の翻訳が、これからも追加されるのを待ち受けている。

　わたしの人生は、ほとんど川村さん、西原さん、ならびにわれわれすべての基盤となっている谷川さんとの友情と「協働」に支えられてきた。よくいわれる日本的表現が、いま心の中に去来するのをしみじみ感じる。「言葉は舌足らずでいつもむなしい。われわれの仕事が、特別な愉びあるいは愉びに満ちた特権として、残ってゆくだろう。過去を振り返るのは現在を損ねるから、前を見て進もう」。

　　　　　　　　　　　　　　ウィリアム・I・エリオット

谷川俊太郎について

たにかわ・しゅんたろう／1931年東京都生まれ。詩人。1950年「文學界」に「ネロ他五篇」を発表して注目を集め、1952年に第1詩集『二十億光年の孤独』を刊行。62年「月火水木金土日の歌」で第4回日本レコード大賞作詩賞、75年『マザー・グースの歌』で日本翻訳文化賞、82年『日々の地図』で第34回読売文学賞、93年『世間知ラズ』で第1回萩原朔太郎賞、2010年『トロムソコラージュ』で第1回鮎川信夫賞など、受賞・著書多数。詩作のほか、絵本、エッセイ、翻訳、脚本、作詞、写真集、映像と幅広く作品を発表。

谷川俊太郎の掲載詩 収録書籍一覧
※本書掲載順

* 『コカコーラ・レッスン』思潮社
* 『こころ』朝日新聞出版
* 『シャガールと木の葉』集英社
* 『ことばあそびうた』福音館書店
* 『二十億光年の孤独』集英社文庫
* 『詩の本』集英社
* 『夜のミッキー・マウス』新潮文庫
* 『62のソネット +36』集英社文庫
* 『愛について』港の人
* 『こころのうた』文春文庫　※山本健吉によるアンソロジー
* 『よしなしうた』青土社
* 『あたしとあなた』ナナロク社
* 『夜中に台所でぼくはきみに話しかけたかった』青土社
* 『旅』求龍堂
* 『関東学院大学文学部紀要　第 92 号』
* 『Traveler ／日々』ミッドナイトプレス
* 『詩を贈ろうとすることは』集英社
* 『絵本』澪標
* 『mamma まんま』徳間書店
* 『世間知ラズ』思潮社
* 『日本語のカタログ』思潮社
* 『minimal』思潮社

本書は著者による英文の書き下ろしを翻訳し収録しました。

ウィリアム・I・エリオット
William I. Elliott

1931年、アメリカ・カンザス州生まれ。詩人、批評家、翻訳家。関東学院大学名誉教授。谷川俊太郎の詩集54冊のほか、工藤直子、蔵原伸二郎、まど・みちお、等の翻訳もある。1968年より、50年以上にわたって川村和夫とともに谷川俊太郎の詩を英訳してきた。関東ポエトリ・センターを創設、海外の詩人と日本の詩人の交流につとめる。最新詩集に『DOWSING』がある。

西原克政
にしはら・かつまさ

1954年、岡山県生まれ。英文学者、翻訳家。関東学院大学名誉教授。著書に『アメリカのライト・ヴァース』（港の人）、『想像力の磁場』（北星堂書店）ほか。訳書に、トニー・オーガード『英語ことば遊び事典』（共訳、大修館書店）、『W.D.スノッドグラス詩集』（共訳、港の人）ほか多数。

川村和夫
かわむら・かずお

1933年、福島県生まれ。英文学者、翻訳家。関東学院大学名誉教授。訳書として、谷川俊太郎の詩集50冊が、ウィリアム・I・エリオットとの共訳で、岩波書店より電子書籍で出版されている。

A TASTE OF TANIKAWA

谷 川 俊 太 郎 の 詩 を 味 わ う

2021 年 9 月 30 日　初版第 1 刷発行

ウィリアム・I・エリオット
訳　　　西原克政

詩　　　谷川俊太郎
英訳　　ウィリアム・I・エリオット、川村和夫、西原克政

装丁　　鈴木千佳子
組版　　小林正人 (OICHOC)
発行人　村井光男
発行所　株式会社ナナロク社
　　　　〒142-0064　東京都品川区旗の台 4-6-27
　　　　電話　03-5749-4976　FAX　03-5749-4977
印刷所　中央精版印刷株式会社

前見返しの写真は、
左上が著者、右下が谷川俊太郎。

後見返しの写真は、
左から川村和夫、著者、谷川俊太郎。